Oskar und der Hexenzauber

Für meinen lieben Enkel Oskar

Ines Köster

Oskar und der Hexenzauber

Bibliografische Information der Deutschen Nationalbibliothek:

Die Deutsche Nationalbibliothek verzeichnet diese Publikation in der

Deutschen Nationalbibliografie; detaillierte bibliografische Daten sind

im Internet über dnb.dnb.de abrufbar.

© 2021 Ines Köster

Satz, Umschlaggestaltung, Herstellung und Verlag: BoD – Books on

Demand, Norderstedt

ISBN 978-3-7534-8369-6

Inhalt

Frühstück mit Hindernissen

Hatschi!

Prinz, der braune mittelgroße Mischlingshund, der in seinem kuscheligen Körbchen vor sich hindöste, war augenblicklich hellwach. Erschrocken stellte er seine spitzen Ohren auf.

Hatschi!

Oskar schlug verwundert seine Augen auf. Er rieb sich seine Nase. Auf seinem Nasenrücken tanzten einige vorwitzige Sonnenstrahlen hin und her. Verschlafen griff der Neunjährige zum Wecker. Gerade sieben Uhr war es. Und heute war Sonntag. Da gab es erst um neun Uhr Frühstück. Blöde Sonne, blöde, dachte Oskar mürrisch. Aber bald schlief er noch mal ein.

Prinz hatte sich wieder friedlich in seinem Körbchen eingerollt.

„Oskar! Aufstehen, mein Schatz!", rief die Mutter die Treppe hinauf. Dann ging sie in die Küche und deckte gut gelaunt den Frühstückstisch für die Familie.

Oskar gähnte und reckte sich ausgiebig. Der Vater rasierte sich unterdessen laut singend im Badezimmer. Oskar wusste, dass er sich dabei wie

jeden Sonntag in sein Gesicht schneiden würde.
Schon schrie der Vater: „Aua! Verdammter Mist
aber auch!"

Oskar kroch seufzend aus seinem warmen Bett.
Mit seinem Vater stand er ziemlich auf Kriegsfuß. Immer mäkelte der Vater an ihm herum:
An seinen schlechten Noten in der Schule, an
seinem neuen Freund Ben, an Prinz, von dem
sein Vater angeblich Niesanfälle bekam und an
seinen langen Waldtouren mit seinem Mountainbike.

Wenn Oskar außer Atem und dreckbespritzt von seinen Ausflügen in den Wald nach Hause kam, sagte der Vater ungehalten: „Lerne lieber so fleißig für die Schule wie deine Schwester, damit du es auch auf das Gymnasium schaffst. Schließlich sollst du einmal in meine Fußstapfen treten."

Wenn Oskar das hörte, verdrehte er nur die Augen. Seine zwei Jahre ältere Schwester Lara nervte ihn und Arzt wie sein Vater wollte er schon gar nicht werden.

Besonders peinlich aber waren Oskar seine derben blonden Haare, die er einfach nicht bändigen konnte. Oskar fönte jeden Morgen seufzend seine widerspenstigen Haare, gelte sie danach glatt und sprühte so viel Haarspray auf seine Frisur, dass das ganze Badezimmer danach klebte. Nach kürzester Zeit standen seine Haare jedoch wieder wie Stacheln ab.

In den Sommerferien war Oskar mit seiner Familie in ein großes Einfamilienhaus am Waldrand gezogen. Mit dem Beginn des neuen Schuljahres musste er deshalb die Schule wechseln. Seine neuen Mitschüler hatten gleich am ersten Tag über seine unzähmbaren Haare laut gelacht. Knallrot wie eine Tomate hatte er vor der vierten Klasse gestanden.

„Guten Morgen", sagte seine Mutter freundlich, als Oskar nun als Letzter am Frühstückstisch eintraf.

Sein Vater blickte ihn nur streng an. Wie gewöhnlich am Sonntagmorgen schmückte sein Gesicht ein kleines blutdurchtränktes Stück Tempotaschentuch. Lara saß überheblich grinsend vor ihrem Honigbrötchen. Ihr Gesicht war dick eingecremt.

„Morgen", brummte Oskar vor sich hin und setzte sich an seinen Platz, von dem er bis in den Wald gucken konnte. Ab und zu konnte er ein Eichhörnchen beobachten wie es von Ast zu Ast sprang.

„Lara trödelt nie so lange im Bad herum und sieht trotzdem ordentlicher aus als du", sagte der Vater vorwurfsvoll.

Dafür glänzt ihr Gesicht wie eine Speckschwarte, dachte Oskar wütend. Was konnte er dafür, dass seine Haare trotz seiner Bemühungen ständig in alle Richtungen abstanden?

„Lass doch den Jungen in Ruhe frühstücken", lenkte die Mutter beschwichtigend ein. „Er hat doch die widerspenstigen Haare seines Großvaters geerbt. Dafür bekommt er keine Glatze."

Oskar blickte seine Mutter dankbar an und legte sich ein Brötchen auf den Teller.

Jetzt hatte die Mutter einen wunden Punkt bei seinem Vater getroffen, der schon eine blanke Stelle am Hinterkopf hatte. Augenblicklich war es mucksmäuschenstill am Frühstückstisch bis es an der Haustür stürmisch klingelte.

„Wer um Himmels willen macht denn so einen Lärm zu früher Stunde?", fragte aufgebracht der Vater und rückte seinen Stuhl ab, um widerwillig aufzustehen.

„Lass nur!", rief Oskar hastig und schnellte so ruckartig hoch, dass der neue Küchenstuhl polternd auf die Fliesen krachte. Lara fiel vor Schreck das Brötchen aus der Hand. „Kannst du nicht aufpassen, du Tollpatsch?", fauchte sie.

Schnell hob Oskar den Stuhl wieder auf und rannte zur Eingangstür. Er konnte sich denken, wer es war. Auch Prinz hatte das Klingeln gehört. Laut bellend kam er die Treppe hinuntergejagt und stürmte zur Tür. Oje, dachte Oskar missmutig, das auch noch.

Er sollte es Prinz schon längst abgewöhnt haben, beim Läuten an der Tür so einen Radau zu machen.

Und wie er es nicht anders erwartet hatte, rief der Vater zornig aus der Küche: „Hört das Gebelle nicht auf, kommt der Hund ins Tierheim!"

„Ruhig, Prinz, ruhig", sagte Oskar beschwichtigend.

Er strich dem Rüden, der aufgeregt mit seinem buschigen Schwanz wedelte, sanft über den Kopf. Mit der anderen Hand öffnete er die Haustür. Sofort sprang Prinz erfreut an Bens Hosenbein hoch. Mit einem breiten Grinsen stand Ben vor der Tür und sagte: „Hey! Hast du Lust auf einen Streifzug durch den Wald?"

Er zeigte auf sein altes Fahrrad, das er an die Hauswand gelehnt hatte.

„Lust hätte ich schon", erwiderte Oskar, „aber ich soll heute Vormittag beim Rasenmähen helfen. Warte hier! Ich frage einfach."

Er flitzte in die Küche zurück. Sein Vater legte gerade mit ernstem Gesicht das Telefon zur Seite.

„Ich muss in die Klinik. Ein Notfall", brubbelte er und stand auf. „Das Rasenmähen muss warten."

Ohne auf seinen Sohn zu achten, verschwand er aus der Küche.

„Immer muss Vati am Sonntag in die Klinik", beschwerte sich Lara, „und gerade heute wollte er mit mir mein neues Computerspiel ausprobieren."

„Dein Vater ist nun einmal der Chefarzt der Klinik", entgegnete die Mutter und räumte das Frühstücksgeschirr zusammen.

„Aber ich bin seine Tochter!", rief Lara trotzig und rannte die Treppe hinauf. Ihre Kinderzimmertür knallte sie so heftig zu, dass es durchs ganze Haus hallte. Die Mutter seufzte.

Das war Oskars Chance.

„Mama, stell dir vor, Ben ist draußen", sagte er aufgekratzt und spielte dabei an der Tischdecke herum, „er will mit mir eine Fahrradtour durch den Wald machen."

Seine Mutter antwortete nicht.

„Bitte, bitte", bettelte Oskar.

„Von mir aus", sagte die Mutter dann ohne aufzusehen. „Der Sonntag ist sowieso gelaufen. Aber pünktlich um dreizehn Uhr zum Mittagessen bist du wieder hier."

„Danke, Mama!" Oskar rannte schnell in die Garage. Er holte sein schwarzes Mountainbike heraus.

Noch bevor der Vater das Auto gestartet hatte, war er bereits mit Ben und Prinz im Wald verschwunden.

Einen Tag zuvor hatten die Freunde auf ihrem Streifzug einen ausgehöhlten alten Baum im Wald entdeckt. Oskar hatte den ganzen Abend an diese Baumruine denken müssen. Etwas Geheimnisvolles war von ihr ausgegangen, dass ihm Gänsehaut über seinen Rücken gejagt hatte.

„Los, lass uns zu dem alten Baum von gestern fahren. Der ist so schön gruslig", rief Oskar.

„Tolle Idee", entgegnete Ben, der gerade mit seinem nicht besonders waldtauglichen Fahrrad über ein paar Wurzeln holperte. „Ich habe sogar von der Baumkrücke heute Nacht geträumt. Ich will sie unbedingt näher untersuchen."

Oskar und Ben traten noch ein wenig schneller in die Pedalen. Prinz blieb keine Zeit für ausgiebige Schnüffeleien am Wegesrand.

Die unheimliche Stimme

Verschwitzt kamen die Freunde an der mächtigen ausgehöhlten Baumruine an. Ihre Fahrräder ließen sie einfach auf den Waldboden fallen. Sie schauten gebannt in die dunkle, riesige Baumhöhle. Modergeruch schlug ihnen entgegen.

Prinz rannte aufgeregt hin und her und schnüffelte überall, so dass bald seine Nase zu tropfen begann. Meist hinterließ er noch an besonders interessanten Stellen seine Duftmarke.

Gerade wollte Oskar einen Fuß in die Baumhöhle setzten, als Ben schrie: „Da, ein Mann!"

„Schrei nicht so herum! Ich bin ja nicht taub." Oskar hielt sich die Ohren zu.

„Hast du nicht den Mann mit dem langen Umhang gesehen?", fragte Ben kreidebleich.

„Wo soll denn hier ein Mann herkommen? Du siehst Gespenster am helllichten Tag", entgegnete Oskar genervt. Aber er konnte nicht verhindern, dass es ihm heiß und kalt über den Rücken lief. Er hatte eine Idee.

„Prinz, komm sofort hierher!", rief er.

„Was hast du vor?", fragte Ben verwundert. Ihm zitterten noch die Knie.

„Prinz kann erst einmal die Baumhöhle aus-
kundschaften. Wenn etwas faul ist, wird er
schon bellen."

Prinz stand mit wedelndem Schwanz vor Oskar und schaute ihn erwartungsvoll an. Oskar
warf einen Hundekeks in die Baumhöhle und
befahl: „Prinz, such!"

Aber der Rüde befolgte den Befehl nicht. Kläg-
lich winselnd und mit eingezogenem Schwanz
lief er rückwärts.

„Prinz, such!", wiederholte Oskar ungeduldig.

Prinz bellte wild. Bald tropfte ihm weißer
Schaum aus der Schnauze.

„Igitt, das ist ja eklig", sagte Ben und verzog

das Gesicht. „Aber das ist der Beweis. Prinz hat Angst."

„Du hast ihm Angst gemacht!", rief Oskar gereizt. Da der Rüde nicht mit seinem Gebell aufhörte, schrie Oskar: „Schluss jetzt und ab in die Baumhöhle!"

Prinz hielt inne, schaute Oskar von der Seite an und stob davon.

Ben rief: „Siehst du es jetzt ein, dass hier etwas nicht stimmt!"

„Papperlapapp", sagte Oskar schnippisch. „Mach dir nicht in die Hose und komm jetzt mit."

„Ich gehe da bestimmt nicht hinein", widersprach Ben. „Ich habe keinen Bock mehr. Ich fahre nach Hause."

„Feigling!", rief Oskar Ben hinterher, der schon auf sein Fahrrad gestiegen war.

Als Oskar nun allein im Wald stand, kam ihm die Baumhöhle wie ein schwarzer Riesenschlund vor, der ihn verschlingen wollte. Ihm war flau im Magen. Zog ihn da nicht jemand am T-Shirt?

Er schüttelte sich. Ich bin doch kein Angsthase, sagte er zu sich und setzte einen Fuß vor den anderen. Um in die Höhle eintreten zu können, musste er sich bücken. Er holte tief Luft und quetschte sich durch den Spalt ins Dunkle hinein. Das morsche Holz gab nach. So kam etwas mehr Licht in die modrige Baumhöhle. Oskar schaute sich neugierig um und befühlte zaghaft das feuchte Holz.

Plötzlich umwehte ihn ein kalter Luftzug. Eine Stimme hauchte ihm ins Ohr: „Befreie mich!"

Oskar erstarrte augenblicklich zu einer Salzsäule. Schweißperlen traten ihm auf die Stirn.

„Hebe den Stein hoch!", flüsterte die unheimliche Stimme.

Oskar sah sich zitternd um. Tatsächlich erspähte er im Halbdunkel einen tennisballgroßen Stein. Mit bebenden Fingern hob er ihn hoch. Zu seinem Erstaunen entdeckte er darunter einen silbernen Ring mit einem rot funkelnden Stein.

Er wusste nicht, was er nun tun sollte. Der Schweiß tropfte ihm auf sein neues T-Shirt.

„Hallo?", wisperte er. Dann hauchte er noch einmal: „Hallo?"

Es blieb still. In Oskar kam wieder Leben. Ihm schlotterten die Knie vor Angst. Trotzdem griff er nach dem Ring, steckte ihn in seine Jeans und trat schnell aus der Baumhöhle heraus. Er holte tief Luft und schaute auf seine Uhr. Kurz nach dreizehn Uhr war es bereits. Verdammt, schoss es ihm durch den Kopf. Er hastete zu seinem Fahrrad und wollte aufsteigen.

Doch da hörte er wieder die Stimme: „Befreie mich! Nutze die Zauberkraft des Ringes!"

Oskar wischte sich über seine Stirn. Alles nur Einbildung, dachte er und fuhr schnell los.

Schweißüberströmt und außer Atem kam er zu Hause an. Schnell brachte er sein Fahrrad in die Garage. Aus seinem Kinderzimmerfenster erklang das aufgeregte Bellen von Prinz.

Die Haustür wurde aufgerissen. Seine Mutter kam aufgelöst heraus und rief: „Endlich bist du da! Ich habe mir große Sorgen gemacht als Prinz allein hier ankam. Wo bist du denn nur gewesen?"

„Ich habe mich mit Ben gestritten. Wir haben verschiedene Heimwege benutzt. Dann habe ich mich verirrt. Dabei ist mir Prinz entwischt", log Oskar, konnte aber ein leichtes Erröten nicht verhindern. Er ging auf seine Mutter zu, umarmte sie und sagte: „Aber nun bin ich ja da und habe einen Riesenhunger."

„Du kannst von Glück reden, dass dein Vater noch nicht zu Hause ist", sagte die Mutter. „Den Rest des Tages verbringst du als Strafe in deinem Kinderzimmer."

„Ja, ist gut. Du bist die beste Mama der Welt", entgegnete Oskar erleichtert. Er wollte sowieso den Ring in aller Ruhe untersuchen.

Nachdem er eine Riesenportion Nudeln mit Tomatensoße verputzt hatte, ging er sein Zimmer. Prinz sprang ihm freudig entgegen und wollte sein Gesicht ablecken. Aber Oskar stieß ihn unsanft beiseite und befahl: „Prinz, Platz!"

Beleidigt trottete der Rüde mit angelegten Ohren in sein Körbchen zurück. Oskar setzte sich an seinen Schreibtisch und holte den Ring aus seiner Jeanstasche. Neugierig schaute er sich seinen Fund genauer an. Vielleicht war der Ring wertvoll.

Der rote Stein war sternenförmig und funkelte in allen möglichen roten Farbtönen. Im Innern des Ringes fand er eine Inschrift. Sie war aber so klein, dass er die Buchstaben mit bloßem Auge nicht entziffern konnte. Schnell holte er seine Lupe.

„Ta-ra-bas-si-ni", las er stockend.

Schnee im Sommer

Tarabassini? Was soll das sein? Ein Name? Ein Ort vielleicht?, schoss es Oskar durch den Kopf.

Versunken drückte er auf den roten Stein und murmelte das seltsame Wort ganz langsam silbenweise vor sich hin: „Ta-ra-bas-si-ni."

Plötzlich hörte er einen grellen Schrei seiner Mutter. Prinz sprang blitzartig aus seinem Körbchen heraus und bellte ohrenbetäubend. Erschrocken ließ Oskar den Ring auf die Schreibtischunterlage fallen. Als er aus seinem Fenster schaute, traute er seinen Augen nicht. Es schneite. Ein dichter Vorhang aus dicken Schneeflocken versperrte ihm mitten im Hochsommer die Sicht in den Wald.

„Prinz, aus!", schrie Oskar.

Aber Prinz stellte sich taub und bellte weiter. Oskar sauste die Treppen hinunter. Der Rüde folgte ihm laut kläffend. Die weißen Schaumflocken, die an seinen Lefzen hingen, verteilten sich über die ganze Treppe.

Auch Lara lief mit schlechter Laune und gähnend die Treppe hinunter. Jäh war ihre Müdigkeit jedoch weggeblasen. Ein eisiger Wind durchzog die untere Etage des Hauses. Sie blieb fröstelnd stehen.

Oskar stapfte unterdessen auf Strümpfen durch die schnell anwachsende Schneedecke in den Garten. Er wollte seine Mutter retten. Sie stand wie versteinert zwischen den Rosensträuchern, die nun weiße Mützen trugen.

„Schnell, komm ins Haus!", rief Oskar und nahm seine Mutter an die kalte Hand.

„Wie ist das möglich? Eben war es doch noch brütend heiß gewesen", sagte die Mutter verdattert.

Sie ließ sich willenlos von Oskar durch den knöcheltiefen Schnee ins Haus ziehen. Die untere Etage hatte sich bereits in einen Eiskeller verwandelt.

„Ich mache die Heizung an, dann lege ich mich hin", sagte die Mutter bibbernd mit blauen Lippen. „Zieht euch warm an, Kinder."

„Ich lege mich auch wieder hin. Die Kälte ist ja nicht zum Aushalten", sagte Lara und hauchte sich ein paar Mal in die Hände. „Und wische den Sabber von der Treppe, Bruderherz! Das ist widerlich."

Oskar stand nun frierend und ratlos ganz allein da. In seinem Kopf wirbelten die Gedanken.

Ein plötzlicher Kälteeinbruch bei dreißig Grad Celsius? Unmöglich, selbst in Zeiten des Klimawandels. Hatte der Ring etwas damit zu tun?

Prinz schlug im Schnee unterdessen Haken wie ein aufgescheuchter Hase. Oskar pfiff ihn genervt ins Haus zurück.

Mit einem kleinen Schneeberg auf seiner schwarzen Hundenase kam der Rüde schwanzwedelnd angerannt und schüttelte sich den Schnee vom langen Fell. Oskar knallte das große Küchenfenster zu. Danach hastete er in sein Zimmer zurück.

Er ergriff den Ring. Was habe ich mit dem Ring vor dem Schneetreiben gemacht, überlegte er krampfhaft. Versonnen drückte er auf den roten Stein und flüsterte erneut: „Tarabassini."

Seine Augen schienen sich um das Doppelte zu vergrößern, soweit riss er sie auf. Das wilde Schneetreiben verschwand so schnell wie es gekommen war.

Die Sonne schien vom blauen Himmel herab. Die Vögel sangen fröhlich ihre Lieder. Die Blumen öffneten wieder ihre bunten Blüten. Gerade war der Garten noch weiß gewesen. Nun versickerte schon das Tauwasser in der Erde.

Oskar war fassungslos. Er ließ sich auf seinen Drehstuhl fallen und drehte in Gedanken versunken ein paar Runden damit. In seiner Hand brannte der Ring wie ein heißes Kohlestückchen. Schnell versteckte er den Ring in die hinterste Ecke seiner Schreibtischschublade.

Plötzlich hörte er die unheimliche Stimme wieder flüstern: „Befreie mich! Wende die Zauberkraft des Ringes klug an."

Kalte Luftzüge umstreiften seinen Körper. Oskar zitterte wie Espenlaub.

Prinz sprang mit gespitzten Ohren aus seinem Körbchen und jagte durch das Zimmer. Oskar sah einen Riesenschatten durch sein Zimmer huschen. Erschrocken warf sich er auf sein Bett und zog sich seine Kuscheldecke über den Kopf. Ich habe hohes Fieber, deshalb fantasiere ich, versuchte er sich zu beruhigen.

Die Macht des Ringes

Den ganzen Sonntagnachmittag verbrachte Oskar grübelnd in seinem Bett. Hatte er einen echten Zauberring gefunden? Sein Verstand sagte ihm ständig: „Du spinnst, Oskar. Du lebst in der Wirklichkeit, da gibt es keine Zauberdinge." Aber tief in seinem Innern gab es eine andere Stimme, die flüsterte: „Der Ring besitzt Zauberkraft. Du kannst Gutes damit tun."

Irgendwann schlief er schließlich erschöpft ein.

Nach dem Abendbrot verschwand Oskar schnell wieder in seinem Kinderzimmer. Er kramte den Ring mit klopfendem Herzen aus seiner Schreibtischschublade hervor. In Windeseile steckte er ihn in seine Jeanshose.

„Prinz, komm! Wir gehen fein Gassi", sagte er aufgekratzt.

Prinz sprang mit einem Satz aus seinem Körbchen und streckte sich ausgiebig.

Oskar hatte den Plan gefasst, Ben in das Geheimnis des Zauberringes einzuweihen. Vielleicht ließ dann der unangenehme Druck, den er auf der Brust spürte, nach.

„Ich mache mit Prinz die Abendrunde", rief Oskar in die Küche hinein.

„Ja, aber bleib nicht zu lange weg. Denke daran, du musst morgen in die Schule gehen!", rief die Mutter zurück.

Da klappte schon die Tür und Oskar war draußen. Er holte tief Luft. Prinz wollte wie immer sein Revier markieren, aber Oskar zog unwirsch an der Leine. „Komm jetzt! Ich habe keine Zeit zum Trödeln."

Er brauchte nur fünf Minuten bis zu Bens Wohnblock. Ungeduldig drückte er auf den Klingelknopf. Durch die Türsprechanlage ertönte die dunkle Stimme von Bens Vater: „Ja, hallo!"

„Hier ist Oskar. Darf Ben die Hunderunde mitlaufen?"

„Ach, Oskar, du bist es", sagte Bens Vater freundlich. „Kleinen Moment, ich frage ihn."

Kurz darauf rauschte es wieder in der Sprechanlage. „Komme gleich!", rief Ben.

Als die Haustür aufging, sprang Prinz auf Ben zu und leckte ihm freudig seine Hand ab. Ben streichelte Prinz und sagte: „Guter Hund." Dann wandte er sich an Oskar und fragte: „Na, hast du noch die Baumhöhle ausgekundschaftet?"

„Es war total krass", antwortete Oskar groß-tuerisch.

„Komm, erzähl schon!", bettelte Ben neugierig.

„Das kostet dich aber etwas."

„Was denn?", fragte Ben zaghaft.

„Du fragst deinen Vater, ob er mich zum An-geln mitnimmt."

Oskar beneidete Ben, der fast jedes Wochen-ende mit seinem Vater zum Angeln ging.

„Kein Problem", sagte Ben schnell. „Geld hätte ich nämlich keins gehabt."

Unterdessen waren sie am Wald angekommen. Oskar ließ Prinz von der Leine. Sogleich mar-kierte der Rüde einen Baumstamm und scharrte mit den Pfoten den Waldboden auf.

„So, nun erzähl schon!", drängte Ben. Er hielt es vor Neugierde fast nicht mehr aus.

Oskar kramte in seiner Hosentasche herum und legte den Ring auf seine Handfläche.

Ben war enttäuscht. „Na ja, ich weiß ja, dass du Lea toll findest, aber musst du ihr gleich ei-nen Heiratsantrag machen, um Moritz auszu-stechen?"

„Oh, Mann, du kapierst gar nichts!", rief Oskar ungehalten. Er zeigte auf den Ring und sagte: „Das ist kein Ehering, sondern ein Zauberring."

„Wie bitte? Du willst mich wohl für dumm verkaufen?" Ben winkte beleidigt ab.

„Nein, will ich nicht", sagte Oskar aufgebracht. „Rate einmal, wer es schneien lassen hat?"

„Jetzt sag bloß nicht, dass du das warst. Du willst doch bloß angeben." Ben schaute Oskar abfällig an.

„Du glaubst mir also nicht?" Oskar drückte wütend auf den roten Stein des Ringes und rief: „Tarabassini!"

Er erwartete ein reges Schneetreiben. Aber keine einzige Schneeflocke fiel vom Himmel. Stattdessen war es auf einmal stockdunkel.

„Oskar, warst du das?", wisperte Ben erschrocken.

„Ich glaube schon", wisperte Oskar zurück. Dann schrie er auf. Vor Schreck schrie auch Ben los.

„Hilfe, mich hat etwas berührt!", schrie Oskar.

„Mach es sofort wieder hell, sonst bist du nicht mehr mein Freund!", rief Ben mit schriller Stimme.

Oskar drückte schnell auf den roten Stein und rief: „Tarabassini!" Sofort verschwand die Dunkelheit wieder.

Ben stand mit offenem Mund da. Prinz lag ausgestreckt vor ihm. Mit seinem Schwanz klopfte der Rüde auf den Waldboden.

„Glaubst du mir nun?", fragte Oskar mit bebenden Lippen.

„Hm."

„Hm. Was soll das denn heißen?", fragte Oskar unfreundlich.

„Das soll heißen, dass du blöde Dinge zauberst, die kein Mensch braucht", antwortete Ben gereizt und streichelte Prinz über den Kopf. Der Rüde bellte zustimmend.

„Blöde Dinge, sagst du!", schrie Oskar. „Ich habe die Macht, dir all deine Wünsche zu erfüllen. Sag mir irgendeinen Wunsch und ich erfülle ihn dir auf der Stelle!"

Ben überlegte kurz, dann sagte er: „Ich wünsche mir ein Eis mit einer Eiswaffel, die so groß ist wie eine Zuckertüte."

„Na, wenn es weiter nichts ist", sagte Oskar lässig. Insgeheim war er aber unsicher, ob ihm der Ring ohne weiteres seine persönlichen Wünsche erfüllte. Vielleicht zauberte der Ring nur hervor, was in ihm einprogrammiert war. Deshalb drückte Oskar so fest er konnte auf den roten Stein. Dann sagte inbrünstig, jede Silbe betonend: „Ta-ra-bas-si-ni, ich wünsche mir eine Rieseneiswaffel für Ben."

Kaum war die letzte Silbe verhallt, hielt Ben ein Eis in der Hand, das für eine ganze Schulklasse gereicht hätte.

„He, Alter, das ist ja genial!", rief Ben und leckte begeistert an einer Schokoeiskugel herum, die so groß wie ein halber Fußball war.

Oskar war sehr erleichtert, dass der Zauber geklappt hatte. Er holte tief Luft und prahlte: „Nun kann Moritz was erleben. Lea wird ihn nicht mehr angucken, so wird sie sich vor ihm ekeln."

Ben guckte Oskar verwundert mit seinem Schokoladenbart an und fragte erschrocken: „Was hast du vor?"

„Das wirst du morgen erleben." Oskar hatte eine großartige Idee wie er Moritz vor der Klasse blamieren konnte.

„Mach keinen Mist." Ben wurde es unbehaglich. Er ließ die Rieseneiswaffel fallen und sagte: „Ich gehe jetzt nach Hause."

Prinz leckte unterdessen genüsslich am Eis. Oskar rief: „Weg da, Prinz! Du kriegst sonst den Dünnpfiff!"

Als der Rüde sich weiter die Eiscreme schmecken ließ, leinte Oskar ihn genervt an. Prinz gefiel das überhaupt nicht und drückte seinen Unmut mit einem Bellkonzert aus.

Da kam Oskar auf eine tolle Idee. Er drückte eilig auf den roten Stein des Ringes und rief: „Tarabassini! Ich wünsche mir, dass Prinz nicht mehr bellen kann."

Im selben Augenblick riss der verdutzte Rüde sein Maul auf, aber kein einziger Laut drang mehr aus seiner Kehle heraus.

„Spinnst du?", rief Ben erschrocken. „Ein Hund muss doch bellen können."

„Wenn Prinz nicht mehr bellt, lobt mich mein Vater bestimmt", entgegnete Oskar beleidigt.

„Also, mir reicht es jetzt wirklich." Ben rannte weg, ohne sich noch einmal umzudrehen.

„Blödmann, du bist ja nur neidisch, weil du nicht zaubern kannst!", rief Oskar ihm wütend hinterher. Dann zog er kräftig an der Leine von Prinz und sagte: „Komm schon. Vati wird begeistert sein."

Die verhexte Deutschstunde

Pünktlich sieben Uhr klingelte am nächsten Morgen der Wecker. Oskar gähnte mehrmals und streckte sich ausgiebig.

Er hatte schlecht geschlafen. In seinem Traum war ein großer grauhaariger Mann in einem langen Umhang, der über und über mit weißen Federn behangen war, aufgetaucht. Er hatte einen silbernen Zauberstab geschwungen und böse gerufen: „Du verschwendest unnötig die Zauberkraft des Ringes. Ich bin Tarabassini! Es ist deine Aufgabe, mich zu befreien!"

Oskar rieb sich die Augen und dachte an Lea, in die er verliebt war. Sein Pech war aber, dass seine Angebetete nur Augen für Moritz, den Klassenbesten, hatte. Jedoch würde sich dies heute ändern. Er wusste schon längst, wie er Moritz verunglimpfen konnte. Oskar stand schadenfroh grinsend auf. Der Albtraum der Nacht war vergessen. Voller Vorfreude legte er den Zauberring in seine Federtasche.

Prinz begrüßte Oskar nicht wie sonst jeden Morgen schwanzwedelnd und folgte ihm auch nicht auf Schritt und Tritt. Er blieb einfach bewegungslos in seinem Körbchen liegen. Aber Oskar bemerkte das nicht, weil er mit seinen Gedanken schon in der Schule war.

Der Vater hatte Oskar am Abend zuvor überschwänglich gelobt, weil der Rüde ihn nicht wie üblich laut bellend angesprungen hatte, als er müde und kaputt aus der Klinik gekommen war. „Endlich ist Ruhe im Haus", hatte der Vater aufatmend gesagt, „gut gemacht, mein Sohn. Ich bin stolz auf dich. Und ich musste nicht einmal niesen."

Oskar holte wie jeden Morgen in der Woche Ben von zu Hause ab. Sein Freund stand schon vor der Haustür und wartete.

„Morgen!", rief Oskar aufgekratzt.

„Morgen", brubbelte Ben.

Schweigend liefen sie eine Weile nebeneinander her, die Hände in den Hosentaschen vergraben.

„Gut geschlafen?", fragte Oskar und schielte Ben von der Seite an.

„Ging so", murmelte Ben. Dann blieb er abrupt stehen und sagte: „Ich will sofort wissen, was du mit Moritz vorhast. Ich zeige dich sonst bei der Schulleiterin an."

„Oh, Mann, ich dachte, du bist mein Freund", entgegnete Oskar entrüstet. „Aber zu deiner Beruhigung, Moritz wird den Zauber überleben. Aber an deiner Stelle wäre ich lieber zurückhaltender. Ein falsches Wort von dir und du bist so stumm wie Prinz."

Ben schluckte und sagte: „Du hast die Macht, aber mich nicht mehr als Freund."

„Dann verzieh dich doch", fuhr Oskar ihn unfreundlich an.

Ben flitzte los, ohne Oskar noch einen Blick zu würdigen. Der zog ihm eine Grimasse hinterher.

Als Oskar den Klassenraum der 4a betrat, sah er, wie sich Lea mit Moritz angeregt unterhielt. Sogleich fühlte er einen Stich in seinem Herzen. Ben saß schon an seinem Platz.

Als Moritz Oskar erblickte, rief er: „Oh, unser Igelchen hat den Weg zu uns gefunden!"

Oskar lief rot an und schmiss seinen Ranzen wutentbrannt auf seinen Stuhl. „Bleibe ruhig", säuselte er sich zu. „Gleich wird der Idiot was erleben."

Er packte schnell seine Deutschsachen aus und setzte sich. Auf seinem Rücken spürte er den durchdringenden Blick von Ben, der hinter ihm saß.

Oskar öffnete mit bebenden Fingern seine Federmappe. Er nahm den Zauberring heraus, schaute zu Moritz, der hämisch zu ihm hinübergrinste. Im selben Augenblick drückte Oskar den roten Stein und flüsterte: „Tarabassini. Ich wünsche mir, dass auf Moritz' Gesicht fette, eklige Warzen wachsen!"

Kaum hatte er seinen Spruch aufgesagt, schrie Lea entsetzt auf und rannte zu ihren Platz neben Ben. Sie hielt sich die Hände vor ihr Gesicht. Ben saß versteinert auf seinem Stuhl. Die anderen Kinder schlichen ebenfalls zu ihren Plätzen.

Auch Moritz setzte sich. Er wusste noch nicht, was mit ihm Schreckliches geschehen war. Seine

Banknachbarin rutschte angewidert mit ihrem Stuhl in den Gang zwischen den Bankreihen.

Es war mucksmäuschenstill als Frau Wagner, die Klassenlehrerin, schwungvoll den Raum betrat. Sie stellte ihre Arbeitstasche auf den Lehrertisch und legte das Klassenbuch ab.

Dann schaute sie verwundert in ihre Klasse und sagte: „Guten Morgen, Kinder! Na, ihr seid ja heute die reinsten Engel. So kenne ich euch ja gar nicht."

Leni meldete sich. Frau Wagner rief sie auf. Lenis Stimme überschlug sich fast als sie sagte: „Ich will nicht mehr neben Moritz sitzen. Der hat die Pest im Gesicht."

Ihre Mitschüler johlten los. Moritz wurde kalkweiß vor Schreck und tastete sofort sein Gesicht ab. Als er die riesigen Warzen fühlte, sackte sein Oberkörper zusammen und sein Kopf fiel vornüber.

Frau Wagner ging zu Moriz. Sie fasste ihm behutsam unter sein Kinn, um das Gesicht sehen zu können. In der Klasse war es jetzt so still, dass man eine Stecknadel gehört hätte, wenn sie zu Boden gefallen wäre. Frau Wagner starrte fassungslos Moritz an. Drei große fette Warzen verunstalteten das Gesicht ihres besten Schülers:

eine dunkelbraune wulstige Warze prangte ihm mitten auf der Nase, eine schwarz glänzende Warze verschandelte sein Kinn und eine besonders riesige, eklige Warze war ihm auf der Wange gewachsen, aus der zu allem Übel noch ein Büschel schwarzer Haare hing.

Die Lehrerin holte tief Luft und streichelte Moritz sanft über seine schwarzen Locken. Dann fragte sie mitfühlend: „Hast du Schmerzen?"

Moritz schüttelte den Kopf. Ihm war nach Weinen zumute. Am liebsten hätte er sich in Luft aufgelöst.

„Jetzt haben wir ein Warzenschwein in der Klasse!", rief Oskar mit singender Stimme.

Das war zu viel für Moritz. Wie ein Pfeil schoss er los und packte Oskar am Kragen, um ihn vom Stuhl zu zerren. Das war kein Problem für ihn, denn er war viel größer und stärker als sein Mitschüler.

Frau Wagner sprang schnell hinzu, bevor die ganze Sache außer Kontrolle geriet. Nur mit Müh und Not konnte sie die beiden Kampfhähne auseinanderbringen.

Ben beobachtete alles nur still. Er traute sich nicht, seiner Lehrerin etwas von dem Zauberring zu erzählen. Vermutlich würde sie ihm sowieso nicht glauben.

Lea stierte nur auf ihre Bank und hielt sich die Hand vor dem Mund. Sie fand die Warzen so eklig, dass sie ihren Brechreiz unterdrücken musste.

„Oskar, setz dich sofort wieder hin!", rief Frau Wagner streng. „Und du, Moritz, packst deine Sachen ein und gehst mit mir ins Sekretariat. Ich muss deine Eltern anrufen. Sie müssen mit dir zum Arzt gehen."

Moritz unterdrückte die Tränen, die in seinen Augen brannten. Wie konnte ihm nur so etwas Furchtbares geschehen?

Er schlich zum Platz und packte ein. Frau Wagner schrieb sich in der Zeit die Telefonnummer von Moritz' Eltern aus der Telefonliste heraus.

Dann verließ sie mit Moritz den Klassenraum. Sofort fingen die Kinder mit Reden an. Sie stellten allerhand Vermutungen zu Moritz' unschönem Aussehen an.

„Ich hoffe, ich habe mich nicht angesteckt!", rief Leni in den Tumult und tastete besorgt ihr Gesicht ab.

Ein paar Mitschüler rückten vorsichtshalber von ihr weg.

Oskar drehte sich zu Lea um. „Endlich ist das Warzenschwein weg", sagte er. „Er muss bestimmt operiert werden."

„Habe ich auch schon Warzen?", fragte Lea ängstlich.

„Nee, nee", antwortete Oskar. „Aber ich würde mich von Moritz erst einmal fernhalten. Man weiß ja nie."

„Ja, du hast Recht", stimmte Lea zu, „so hässlich will ich auf keinen Fall aussehen."

Oskar wollte Lea eigentlich noch fragen, ob sie heute Nachmittag Zeit hatte, um mit ihm eine Fahrradtour zu machen.

Aber Frau Wagner kam in den Klassenraum zurückgehastet. „Seid jetzt leise, Kinder! Nehmt eure Deutschhefte vor. Wir wollen unsere Klassenarbeit schreiben."

Verdammt, schoss es Oskar durch den Kopf. Das Lernen für die Deutscharbeit hatte er durch die ganze Aufregung mit dem Zauberring total vergessen. Und in Deutsch war er schon eine Niete. Sein Vater drohte ihm mit einem Internat nach der Grundschule, wenn er es nicht auf das Gymnasium schaffen würde.

Während er noch grübelte, wie er sich vor der Arbeit drücken konnte, hatten seine Mitschüler schon ihre Hefte aufgeschlagen. Frau Wagner war gerade dabei, die Aufgaben anzuschreiben. Da hatte Oskar den rettenden Einfall. Er drückte siegessicher auf den roten Stein des Zauberringes. Ganz leise flüsterte er: „Tarabassini. Ich wünsche mir, dass wir die Klassenarbeit heute nicht schreiben."

Plötzlich klingelte es dreimal kurz hintereinander. Frau Wagner war so überrascht, dass ihr vor Schreck die Kreide aus der Hand fiel. Dann rief sie: „Alarm, Kinder! Schnell, lasst alles liegen! Stellt euch zu zweit an der Tür an!"

Ben guckte Oskar prüfend an. Der nickte mit dem Kopf. „Aber warum, du Großkotz?", raunte Ben Oskar im Gehen zu. „Schreiben müssen wir die Arbeit doch sowieso."

„Ja, aber nicht heute. Ich habe nicht gelernt", flüsterte Oskar.

Frau Wagner brachte ihre aufgelöste Klasse zum vereinbarten Treffpunkt auf den Sportplatz. Dort standen schon die anderen Klassen der Schule und warteten.

Die Schulleiterin sagte: „Kinder, das war unser erster Probealarm in diesem Schuljahr. Ich bin sehr zufrieden mit dem Ablauf der Übung. Zur Belohnung dürft ihr noch zehn Minuten auf dem Schulhof bleiben. Dann geht der Unterricht weiter."

Alle Kinder jubelten und rannten auf den Schulhof.

Ben lief schweigend neben Oskar her. Nach einer Weile sagte er: „Dass du die Arbeit weggehext hast, war richtig fies von dir. Da hast du nur an dich gedacht."

„Halte doch einfach mal deine Klappe", entgegnete Oskar unfreundlich. „Du hast ja auch nicht einen so strengen Vater wie ich." Dann rannte er zu Lea, die auf einer Bank saß. „Na, geht es dir wieder besser?", fragte er und setzte sich neben sie.

„Zum Glück habe ich noch keine Warzen bekommen", antwortete Lea. Um sicher zu gehen, tastete sie noch einmal ihr Gesicht ab. „Aber das mit der Arbeit finde ich doof. Nun schreiben wir sie bestimmt morgen an meinem Geburtstag."

In Oskars Bauch begann es zu rumoren. Bei Lea wollte er sich unbedingt einschleimen. Deshalb sagte er großspurig: „Ich verspreche dir, dass wir die Arbeit morgen nicht schreiben."

Lea schaute Oskar erstaunt von der Seite an und fragte: „Wie willst du mir denn das versprechen? Meinst du, Frau Wagner hört auf dich?"

„Wetten dass…", sagte Oskar und streckte sich.

„Wenn das stimmt, dann lade ich dich zu meiner Geburtstagsfeier ein", sagte Lea und stand auf. Es hatte unterdessen geklingelt.

Oskar blieb sitzen und schaute sich um. Niemand beachtete ihn. Er holte den Zauberring aus der Hosentasche heraus und drückte auf den roten Stein.

„Tarabassini", murmelte er, „ich wünsche mir, dass wir die Klassenarbeit morgen nicht schreiben."

Zufrieden ging er ins Schulhaus. Im Klassenraum wischte Frau Wagner gerade die Tafel ab. Sie sagte kopfschüttelnd : „Also, Kinder! Heute ist es wie verhext! Erst die Sache mit Moritz, dann der Probealarm. Und als ob das nicht schon genug gewesen wäre. Morgen wollte ich eigentlich die Klassenarbeit mit euch nachholen. Aber eben sagte mir unsere Schulleiterin, dass die Kindergärtnerin meines Sohnes angerufen hat. Er ist krank. Nach dieser Stunde hole ich ihn ab. Da mein Mann morgen auf Dienstreise ist, muss ich wohl zu Hause bleiben. Aber Mittwoch bin ich wieder bei euch. "

Oskar drehte sich zu Lea um und hielt den Daumen hoch.

„Das ist doch nur Zufall", raunte Lea.

Oskar wollte gerade protestieren. Aber Frau Wagner rief unwirsch: „Jetzt ist aber Ruhe hier! Wir wollen wenigstens noch die Hausaufgaben besprechen."

Die restliche Stunde verging wie im Flug. Lea hielt sich dann in der ganzen Pause bei den Mädchen auf. So fand Oskar keine Möglichkeit mehr, sie allein zu sprechen.

Ein Sonntag nach Wunsch

Die Schulwoche hatte sich für Oskar anders dahingeschleppt wie erträumt. Moritz war nicht mehr in die Schule gekommen. Trotzdem hatte Oskar nicht bei Lea landen können. Sie war ständig mit ihren Freundinnen zusammen gewesen und hatte ihn nicht beachtet. Er hatte auch keine Geburtstagseinladung erhalten. Mit Ben war er auch noch zerstritten. Den Zauberring hatte er die ganze Woche nicht mehr angefasst. Er hatte ihn sofort am Montag nach der Schule wieder in seiner Schreibtischschublade versteckt.

Am Sonntag traf sich Oskars Familie wie üblich pünktlich neun Uhr am gedeckten Frühstückstisch. Natürlich hatte der Vater ein kleines blutdurchtränktes Stück Tempotaschentuch im Gesicht. Diesmal schmückte es seine Wange.

„Welche Zensur hast du in der Deutscharbeit bekommen, mein Sohn?", fragte der Vater, während er sich sein Brötchen dick mit Käse belegte.

Oskar bekam heiße Ohren. Die Deutscharbeit hatte Frau Wagner am Freitag ausgeteilt. Er hatte gerade so eine Vier geschafft. Deutsch war einfach nicht sein Ding. Lesen war für ihn

Schwerstarbeit. Mit den Wortarten stand er auf Kriegsfuß.

„Na, Bruderherz, hast du wieder eine schlechte Note geschrieben?", fragte Lara überheblich.

„Nein, habe ich nicht, du Zicke", zischte Oskar wütend und seine Ohren wurden noch ein bisschen heißer.

„Dann zeige uns doch deine Arbeit", drängte der Vater. „Du hast ja sowieso noch eine Belohnung offen, weil du Prinz so gut erzogen hast."

Oskar schlich nach oben in sein Zimmer. Prinz lag unbeweglich in seinem Körbchen.

Überhaupt verließ der Rüde nur noch notgedrungen seinen Liegeplatz, entweder um seine Geschäfte zu erledigen oder um ein wenig an seinem Trockenfutter herumzuknabbern.

Oskar hatte im Moment keine Augen für seinen Hund, der teilnahmslos in seinem Körbchen vor sich hindämmerte. Er holte nachdenklich sein Deutschheft aus seinem Schulranzen. Und wenn er die Vier einfach weghexte?

Er kramte den Zauberring aus der Schreibtischschublade hervor. Mit einem flauen Gefühl im Magen drückte er auf den roten Stein des Ringes und wisperte: „Tarabassini. Ich wünsche mir, dass sich meine Deutscharbeit verbessert."

Neugierig schlug er sein Heft auf. Sein Herz begann schneller zu klopfen. Aus seinen falschen Schmierereien war eine fehlerfreie, akkurate Klassenarbeit geworden. Neben der Note Eins stand in Frau Wagners Handschrift: Ganz toll, lieber Oskar. Das ist die beste Arbeit der Klasse.

Oskar lief rot an. Er seufzte, steckte den Ring in seine Hosentasche und rannte die Treppen hinunter. Er legte mit schweißnassen Händen sein Kontrollheft auf den Frühstückstisch.

„Das ist ja spitze!", rief die Mutter erfreut.

„So erwarte ich das. Mein Sohn ist der Beste der Klasse", sagte der Vater anerkennend. „Du darfst dir wünschen, was wir heute zusammen unternehmen."

„Ich weiß was!", rief Oskar aufgeregt und wischte sich die Schweißperlen von der Stirn. „Wir veranstalten ein Radrennen."

„Radrennen. Wie langweilig", maulte Lara. „Ich will lieber am Computer spielen."

Da klingelte das Telefon. Die Mutter nahm den Hörer ab, reichte ihn aber gleich an den Vater weiter. „Die Klinik", flüsterte sie.

„Nicht schon wieder!", rief Lara und verdrehte die Augen.

Oskar schluckte. Heute würde er es nicht zulassen, dass sein Vater eine Zusatzschicht in der Klinik schob. Heute war er die Hauptperson für ihn, nicht irgendein Kranker.

Er fasste schnell in seine Hosentasche, drückte auf den Stein des Zauberringes und raunte: „Tarabassini. Ich wünsche mir, dass mein Vati heute nicht in die Klinik geht."

Die Mutter schrie plötzlich laut auf. Sie blickte entsetzt auf den Vater. Lara riss die Augen auf und bekam kein Wort über ihre Lippen.

„Was ist denn los?", fragte der Vater erschrocken und legte den Telefonhörer weg.

„Wenn du so in die Klinik gehst, lachen dich alle aus", feixte Oskar.

„Bleibe lieber sitzen", sagte die Mutter zum Vater. Sie war ganz weiß im Gesicht. „Ich bringe dir einen Spiegel."

Die Mutter holte einen Handspiegel aus dem Bad. Der Vater starrte fassungslos auf sein Spiegelbild.

„Meine Haare!", rief er verdattert. „Grün wie Gras. Und sie reichen mir bis auf die Brust." Ungläubig griff er immer wieder in die grüne Haarmähne. Die kahle Stelle auf seinem Hinterkopf war nun grün behaart.

„Jetzt musst du hier bleiben", legte Oskar fest. „Dann können wir doch noch das Radrennen machen. Im grünen Wald fallen deine grünen Haare auch gar nicht auf." Oskar schaute seinen Vater bettelnd an. „Bitte, Vati."

„Ich will lieber Computer spielen", rief Lara.

„Verdammt noch mal! Wie ist das nur möglich?", fragte der Vater fassungslos und zog dabei an seinen grünen Haarschopf.

Er verschwand im Bad. Als er nach einer Weile heraus kam, war sein Gesicht aschfahl und seine grasgrünen Haare reichten ihm bis zur Hüfte.

„Ich…ich wollte sie abschneiden, die grünen Haare", stotterte er, „aber sie sind stattdessen immer länger geworden."

„Ich habe die Klinik schon informiert, dass du krank bist", sagte die Mutter und versuchte nicht zu lachen. „Ich konnte ja nicht sagen, dass du dich in Neptun verwandelst hast."

„Jetzt machst du dich auch noch über mich lustig", sagte der Vater beleidigt.

„Nein, so war das nicht gemeint", lenkte die Mutter ein. „Erfülle doch den Kindern ihre Wünsche. Sie haben sich so sehr auf den Sonntag mit dir gefreut."

„Also gut. Vormittags trete ich gegen Lara am

Computer an und am Nachmittag gewinne ich dann das Radrennen gegen Oskar."

Strahlend räumte Lara den Frühstückstisch ab. Endlich hielt der Vater mal sein Versprechen, wenn auch nur notgedrungen.

„Du, mein Sohn, kannst dir noch etwas Klimpergeld verdienen, wenn du am Vormittag mein Fahrrad putzt", sagte der Vater. „Es ist bestimmt ganz mistig."

Oskar rannte bereitwillig in die Garage. Seine Beine waren jedoch bleischwer. Seitdem er sich mit dem Zauberring seine Wünsche erfüllte, fühlte er sich anders als sonst, irgendwie gar nicht glücklich.

Am Nachmittag verlor er dann auch noch das Radrennen. Schuld daran war die unheimliche Stimme, die ihn wieder heimgesucht hatte. Er war ganz nah daran gewesen, seinen Vater zu besiegen. Aber plötzlich war ihm kurz vor der letzten Kurve trotz der Hitze eiskalt geworden und er hatte es flüstern gehört: „Befreie mich! Du bist auserwählt. Höre auf dein Herz."

Vor Schreck wäre er fast gegen einen Baum gefahren. Er hatte gerade noch abbremsen können. Der Vater hatte diese Chance genutzt und ihn lachend überholt.

„Ich bin der Gewinner!", hatte er ausgelassen gerufen. „Ich wusste nicht, dass mich Fahrradfahren so glücklich macht." Dabei hatte er seine Baseballkappe, unter die er seine grünen Haare versteckt hatte, übermütig in die Luft geworfen.

Tarabassini

Den Zauberring verbannte Oskar nach dem missglückten Radrennen wieder in seiner Schreibtischschublade. Er spürte dabei ein Brennen im Brustkorb, das ihm fast die Luft zum Atmen nahm. Insgeheim verfluchte er den Zauberring.

Am Montag erschien Moritz wieder in der Schule. Oskar hörte wie er zu Lea sagte: „Die Ärzte wollten mich unter das Messer legen, aber dann waren die Warzen über Nacht einfach so verschwunden. Meine Mama hat mich aber noch die ganze Woche zu Hause gelassen, damit ich mich von dem Schreck erholen kann."

Ben würdigte Oskar immer noch keines Blickes und war jetzt lieber mit Moritz und Lea zusammen. Das lag Oskar schwer im Magen.

In der ersten Stunde sammelte Frau Wagner die Hefte mit der Klassenarbeit ein. Vorher wollte sie die Unterschriften der Eltern kontrollieren. Als sie in Oskars Heft blickte, wurde sie ganz blass. Sie hielt sich an der Bank fest und murmelte: „Das kann doch nicht sein."

Zu Oskar sagte sie aber nichts. Als sie den Heftstapel auf ihren Schreibtisch gelegt hatte, schrieb sie Übungsaufgaben an, die für mindestens zwei Stunden reichten. Einige Schüler begannen zu maulen. Frau Wagner rief ungeduldig: „Statt zu meckern, fangt lieber an! Was ihr nicht schafft, macht ihr als Hausaufgabe."

Murrend schlugen die Viertklässler ihre Bücher und Hefte auf und begannen mit dem Abarbeiten der Aufgaben. Den Rest der Stunde saß Frau Wagner nur noch am Lehrertisch und starrte in Oskars Heft mit der verhexten Klassenarbeit. Ab und zu schüttelte sie ungläubig den Kopf.

Oskar fühlte sich die ganze Woche unwohl und war froh, als es endlich wieder Wochenende war. Am Sonntagvormittag lag er auf seiner Liege. Er hatte starke Bauchschmerzen und er schwitzte. Ganz tief kuschelte er sich in sein Kissen ein. Irgendwann schlief er ein.

Im Traum betrat Oskar die modrige Baumhöhle. Er hielt den Zauberring in der Hand. Plötzlich tauchte eine dunkle Gestalt auf. Es war der geheimnisvolle Mann, dessen gedrungener Körper von einem schwarzen Umhang mit weißen Federn verhüllt war. Er säuselte eindringlich: „Ich bin Tarabassini. Befreie mich. Du bist auserwählt."

Oskar schrie im Schlaf laut auf. Seine Mutter betrat gerade sein Zimmer.

„Oskar, mein Junge, hast du schlecht geträumt?", fragte sie. „Oh, du bist ja ganz durchgeschwitzt. Du hast bestimmt Fieber."

Sie tastete besorgt das Gesicht ihres Sohnes ab. „Ich hole das Fieberthermometer."

Und ehe Oskar etwas sagen konnte, hatte er schon das Fieberthermometer in seinem Hintern stecken. Aber er hatte kein Fieber, das wusste er genau.

Er war schweißgebadet, weil er eine Heidenangst hatte. Immer wieder plagten ihn diese furchtbaren Albträume. Was wollte der geheimnisvolle Mann nur von ihm?

Seine Mutter riss ihn aus seinen Gedanken. „Kein Fieber. Aber du bleibst den ganzen Tag liegen. Lara wird sich um Prinz kümmern. Komm, Prinz, Gassi gehen!"

Prinz rappelte sich schwerfällig aus seinem Körbchen heraus und streckte sich. Er schien um Jahre gealtert zu sein. Seitdem er nicht mehr bellen konnte, lief er so behäbig wie ein Hundeopa. Nun trottete er der Mutter mit eingezogenem Schwanz hinterher.

In Oskars Kopf ging es wie auf einer Schnellstraße zu. Seine Gedanken kamen einfach nicht zur Ruhe. Er musste unbedingt das Geheimnis um den rätselhaften Mann lüften, selbst wenn ihm die Angst die Kehle zuschnürte. Er kam zu der Einsicht, dass es am besten wäre, die Baumhöhle aufzusuchen. Vielleicht traf er dort den geheimnisvollen Tarabassini.

Aber seine Mutter hatte ihm Bettruhe verordnet. Wie kam er nur unbemerkt aus dem Haus?

Sollte er doch noch einmal die Hilfe des Zauberringes in Anspruch nehmen? Er stand auf und ging zu seinem Schreibtisch. Mit zittrigen Händen kramte er den Ring hervor. Die Leuchtkraft des roten Steines hatte merklich nachgelassen. Er legte sich wieder hin und drückte deshalb so fest wie er konnte auf den Stein und sagte: „Tarabassini. Ich wünsche mir, dass ich mich ungesehen aus dem Haus schleichen kann."

Plötzlich fühlte er sich leicht wie eine Feder. Beschwingt stand er auf und drehte sich abrupt um. Das Blut in den Adern gefror ihm. Er sah sich auf seinem Bett liegen. Wie war das möglich? Langsam ging er auf seinen Körper zu. Er streckte seine Hand aus. Aber er sah keine Hand. Dann schaute er an sich hinunter. Er sah auch keine Füße.

Ich bin ein Geist, schoss es ihm durch den Kopf. Wow, dachte er, das glaubt mir keiner.

Er ging zu seiner Kinderzimmertür und lief problemlos hindurch, obwohl sie geschlossen war. Er ging die Treppe hinunter und verließ das Haus durch das große Küchenfenster. Im Hinausgehen hörte er noch, wie die Mutter zum Vater sagte: „Unser Oskar macht mir Sorgen. Er ist ganz verändert. So ruhig kenne ich ihn gar nicht. Und blass ist er, der arme Junge. Er wird doch keine schwere Krankheit ausbrüten?"

Wenn du wüsstest, Mama, dass dein Sohn gerade als Geist durch die Gegend wandelt, dachte Oskar belustigt. Dann konzentrierte er aber seine Gedanken auf die Baumhöhle und im selben Augenblick befand er sich schon dort. Was sollte er jetzt tun? Ratlos stand er da.

Auf einmal erschien ein heller Lichtpunkt in der schummrigen Baumhöhle, der immer größer wurde. Eine riesige Lichtkugel wuchs heran. Als sie zerplatzte, stand der Mann mit den langen, grauen Haaren aus seinen Träumen vor Oskar.

„Ich dachte, du bist ein Kind mit einem guten Herzen", sagte er traurig und strich seufzend über die weißen Federn seines Umhanges. „Aber du denkst nur an dich. Mich, Tarabassini, kann nur ein selbstloser Wunsch erretten."

Oskar wurde es heiß und kalt. Er versuchte sich herauszureden. „Natürlich habe ich ein gutes Herz. Was ist schlecht daran, wenn ich mir meine Wünsche erfülle? Jedes Kind hat doch Wünsche. Das ist doch ganz normal."

„Du verschwendest sinnlos die Zauberkraft des Ringes", sagte Tarabassini ärgerlich. „Dreizehn ist eine heilige Zahl der Hexen. Denke nach!"

Danach verschwand Tarabassini wieder. Nur eine kleine weiße Rauchwolke blieb von ihm übrig.

In Oskars Bauch grummelte es unaufhörlich. Er wollte nun schnell wieder nach Hause. Kaum hatte er daran gedacht, lag er daheim auf seinem Bett. Er schlug die Augen auf und sah vorsichtig an sich hinunter. Zum Glück befand er sich wieder in seinem Körper. Zufrieden bewegte er seine Arme und Beine. Er hätte keinen Moment später in seinen Körper zurückkehren dürfen, denn sein Vater betrat leise das Zimmer.

„Wie geht es dir?", fragte er, als er sah, dass Oskar wach war. Er befühlte die Stirn seines Sohnes.

„Ach, schon besser", antwortete Oskar und gähnte. „Aber ich möchte gern noch weiter schlafen."

„Schlaf dich gesund, mein Sohn. Morgen musst du ja in die Schule gehen", sagte der Vater und gab ihm einen Kuss auf die Stirn, bevor er das Zimmer verließ.

Den ganzen Abend grübelte Oskar. Dreizehn ist eine heilige Zahl der Hexen, hatte Tarabassini gesagt. Was hatte das mit ihm zu tun? In Gedanken zählte er angestrengt nach, wie viele Wünsche ihm der Zauberring schon erfüllt hatte. Er überlegte und zählte mit den Fingern mit. Erstaunt stellte er fest, dass er schon zwölfmal die Zauberkraft des Ringes in Anspruch genommen hatte. Und kein einziges Mal hatte er sich dabei richtig glücklich gefühlt.

Sollte er sich wirklich nur noch einen Wunsch erfüllen können? Das rote Leuchten in dem Stein des Ringes war ja kaum noch zu erkennen. Das bedeutete sicher nichts Gutes. Also musste der letzte Wunsch ein richtiger Knaller werden. Vielleicht sollte er sich andere Haare wünschen. Haare, die er so gut stylen konnte wie Moritz es mit seinen schwarzen Locken tat. Oder sollte er sich viel Geld wünschen? Dann könnte er Lea beeindrucken und ihr ein schickes Handy kaufen. Er konnte sich einfach noch nicht entscheiden.

Ein Radrennen mit Folgen

Am Montagmorgen sprang Oskar gut gelaunt aus dem Bett. Die Sonne schien in sein Fenster hinein. Prinz hob nur einmal kurz seinen Kopf. Dann döste er weiter.

Auf die nächsten Wochen freute sich Oskar besonders. In der Schule begann das lang ersehnte Radfahrtraining für die Fahrradprüfung. Endlich durfte er jeden Tag mit seinem neuen Mountainbike zur Schule fahren. Fröhlich schob er sein Fahrrad aus der Garage heraus, setzte seinen Fahrradhelm auf und fuhr los. Seitdem Ben nicht mehr sein Freund war, holte er ihn nicht mehr von zu Hause ab.

Kurz vor der Schule traf Oskar Lea, die auf Moritz wartete.

„Hey!", rief Oskar und hielt an. „Ich finde es richtig cool, dass wir alle mit dem Fahrrad zur Schule kommen dürfen."

„Na ja, geht so", antwortete Lea. „Ich finde den Fahrradhelm doof. Der macht die Frisur platt." Sie hatte ihren Fahrradhelm abgesetzt und in ihr Fahrradkörbchen gelegt. Sie fuhr sich lässig mit den Händen durch ihre halblangen, blonden gelockten Haare und schüttelte ihren Kopf.

Da kam Moritz angerast und bremste scharf. „Hey, Lea, ich habe ein neues Handy. Willst du es nachher sehen?"

„Na, klar!" Lea setzte sich unwillig ihren Fahrradhelm auf und fuhr mit Moritz los. Sie ließen Oskar einfach stehen, der vor Wut kochte.

Zu allem Überdruss fuhr auch noch Ben klingelnd an ihm vorbei und rief unfreundlich: „Mach dich nicht so breit. Der Weg ist für alle da."

Ben hatte seinen Fahrradhelm nicht auf dem Kopf, sondern auf dem Gepäckträger befestigt. Da hatte Oskar eine tolle Idee. Jetzt wusste er, wie er Lea beeindrucken konnte.

Und dafür brauchte er nicht einmal den Zauberring.

In der Hofpause schlenderte Oskar, seine Hände in den Jackentaschen vergraben, zu den Jungen seiner Klasse, die gerade Fußball spielten. Er konnte Fußballspielen nicht leiden. Trotzdem musste er zweimal die Woche zum Training. Auf Wunsch seines Vaters.

„Hört mal!", schrie Oskar. „Ich habe einen Vorschlag."

„Du nervst", rief Moritz, „zieh Leine!"

„Du bist ja nur feige, Warzenkönig!", rief Oskar.

Moritz hielt mitten im Lauf inne. „Was hast du gesagt, du Großmaul?"

„Dass du zu feige bist für ein Radrennen zwischen uns."

„Das werden wir ja sehen, Igelchen", sagte Moritz wütend. „Nach der Schule treffen wir uns am Waldweg."

Das Radrennen machte in der Klasse schnell die Runde. Nach Unterrichtsschluss fuhr fast die ganze Klasse laut grölend zum Waldweg, der in die neue Häusersiedlung führte. Dort wohnten die meisten Kinder der Klasse.

„Wer zuerst die Wohnblocks erreicht, hat gewonnen", sagte Oskar zu Moritz und setzte seinen Fahrradhelm ab.

„Am besten ist es, wenn alle anderen der Klasse schon zum Ziel fahren", schlug Ben vor.

„Und wer gibt das Startzeichen?", fragte Lea.

„Das mache ich", antwortete Ben. „Dann fahre ich Oskar und Moritz hinterher."

„Lea, nimm bitte meinen Helm", sagte Oskar wichtigtuerisch. „Ich will ohne dieses blöde Ding auf meinem Kopf fahren. Das ist cooler."

„Dann fahre ich natürlich auch ohne Helm“, sagte Moritz bestimmt und reichte seinen Kopfschutz an Ben weiter. Dann holte er sein Handy aus der Hosentasche und sagte zu Lea: „Bitte bewahre es auf für mich. An das gute Teil darf kein Kratzer kommen.“

Lea nahm Moritz vorsichtig das Handy ab und steckte es wie ein rohes Ei in ihre Jackentasche.

Die anderen Kinder der Klasse waren bereits verschwunden. Nun fuhr Lea auch los.

„Toi, toi toi!“, rief sie noch zurück.

Ben hatte sein Fahrrad an einen Baum angelehnt. Er stand zwischen seinen zwei Klassenkameraden, die sich kalte Blicke zuwarfen.

„Auf die Plätze fertig los!“, schrie Ben und klatschte in die Hände.

Die zwei Rivalen schwangen sich blitzschnell auf ihre Fahrräder und rasten von dannen. Ben fuhr gerade los, als er einen grellen Schrei hörte. Ihm wurde ganz mulmig zumute. Hoffentlich ist keiner von den beiden gestürzt, dachte er.

Er brauchte nicht weit zu fahren. Ihm stockte der Atem. Moritz lag mit blutendem Kopf auf dem Waldweg. Oskar kniete neben ihm und wusste nicht, was er tun sollte.

„Moritz ist gegen einen Baum geknallt. Ich glaube, er ist bewusstlos", schrie Oskar verzweifelt. „Was machen wir denn jetzt?"

Ben kniete sich ebenfalls neben den Verletzten. „Mensch, wir brauchen einen Krankenwagen!", rief er aufgeregt. „Lea hat das Handy von Moritz. Du musst zu ihr fahren."

Oskar raste davon. Ben sprach den Bewusstlosen an. „Alles wird gut, Kumpel. Der Krankenwagen kommt gleich." Er zog seine Kapuzenjacke aus und legte sie über seinen Freund.

Schon bald war die Sirene des Krankenwagens zu hören. Kurz darauf kamen zwei Sanitäter mit einer Trage angerannt. Sie überprüften als Erstes Moritz` Herzschlag und seine Atmung. Dann verbanden sie seine Wunde am Kopf und hoben danach den bewusstlosen Schüler vorsichtig auf die Trage.

Moritz' Klassenkameraden, die sich mittlerweile am Unfallort eingefunden hatten, schauten schweigend zu.

„Hätte er nur seinen Helm aufbehalten", sagte Ben leise. „Dann wäre es nicht so schlimm gewesen."

„Lieber eine platte Frisur als eine Kopfverletzung", sagte Lea und klopfte auf ihren Helm. „Nie wieder fahre ich ohne Helm."

Nachdem Moritz abtransportiert war, fuhren die Viertklässler betroffen nach Hause.

Oskar lag bereits in seinem Bett, als der Vater aus der Klinik kam.

Seine Kinderzimmertür wurde geöffnet. „Bist du noch wach?" Der Vater trat ein.

„Nicht so richtig", antwortete Oskar und gähnte herzhaft.

„Ich muss mit dir reden", sagte der Vater und setzte sich auf das Bett. „Warst du dabei, als Moritz mit dem Fahrrad gestürzt ist?"

„Ja." Oskar vermied es seinen Vater anzusehen.

„Moritz hat eine schwere Gehirnerschütterung erlitten. Aber viel schlimmer ist seine Verletzung an der Wirbelsäule", sagte der Vater. „Er wird wohl sein Leben lang im Rollstuhl sitzen müssen."

Oskar bekam eine Gänsehaut. Moritz war ein begeisterter Fußballspieler. Er war der beste Torwart der Mannschaft. Er träumte davon, Profifußballer zu werden. Oskar konnte zwar Moritz überhaupt nicht leiden, aber dass er nun gelähmt war, gab ihm einen Stich in seinem Herzen. Vor allem, weil er sich schuldig fühlte. Schließlich war das Wettrennen ohne Fahrradhelm seine Idee gewesen.

Nachdem der Vater gegangen war, konnte Oskar lange nicht einschlafen. Immer sah er dasselbe Bild vor seinen Augen: wie Moritz traurig in seinem Rollstuhl saß.

Die Geburtstagsparty

Auf diesen Tag hatte Oskar lange gewartet. Endlich konnte er seinen zehnten Geburtstag feiern. Er hatte die halbe Klasse zu seiner Geburtstagsparty eingeladen, auch Ben, mit dem er seit dem Unfall wieder sprach.

Es waren einige Wochen vergangen. Moritz nahm trotz seiner Behinderung wieder am Unterricht teil. Ben und Lea halfen ihm wo sie nur konnten.

Oskar hatte auch Moritz eine Einladung für seine Geburtstagsfeier überreicht. Ihm plagte sein schlechtes Gewissen. Schließlich war er es gewesen, der seinen Fahrradhelm zuerst abgesetzt hatte.

Pünktlich um drei Uhr trafen die Gäste ein. Ben rollte Moritz in seinem Rollstuhl auf die Terrasse. Dort hatte Oskars Mutter die Kaffeetafel gedeckt.

„Hm, leckere Muffins", rief Ben und leckte sich mit der Zunge über seine Lippen.

„Ich habe ein Geschenk für dich. Ich hoffe, dir gefällt es", sagte Moritz und überreichte Oskar ein Päckchen.

Oskar riss gespannt das Geschenkpapier auf. „Oh, ein Buch über Fußball. Toll, Moritz. Vielen Dank, das habe ich mir schon lange gewünscht", log er, denn er mochte weder Lesen noch Fußball.

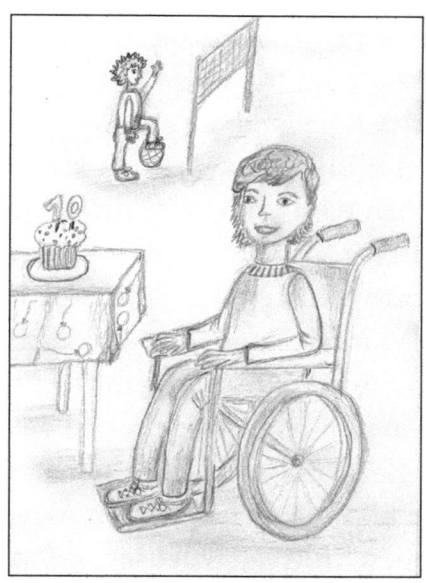

Das Kaffeetrinken dauerte nicht lange. Fast alle tobten fröhlich über die Wiese, nachdem sie einen Muffin verschlungen hatten. Nur Oskar, Lea und Moritz saßen noch am Tisch.

„Was spielen wir denn zuerst?", fragte Lea und trank schlürfend ihren Kakao aus.

„Als Erstes spielen wir Ball über die Schnur",

antwortete Oskar. „Mein Vater hat gestern schon das Spielfeld vorbereitet."

„Ich schiebe dich in den Garten", sagte Lea zu Moritz, der ganz still war.

„Nee, lass mal", wehrte Moritz ab, „ich möchte lieber hier sitzen bleiben. Ich esse noch einen Muffin."

„Na gut", entgegnete Lea. „Wie du willst."

Lea rannte mit Oskar in den Garten. Keiner konnte sehen wie sich Moritz die Tränen aus den Augen wischte. So saß er traurig da und schaute seinen Klassenkameraden beim Spielen zu.

„Hallo, Moritz! Schön, dass du da bist." Oskars Vater kam auf ihn zu und gab ihm freudig die Hand. Seine Baseballkappe setzte der Vater nur noch im Bett ab. Kein Friseur hatte ihm bisher helfen können. Kaum waren die grasgrünen Haare abgeschnitten, wuchsen sie in kürzester Zeit wieder nach.

„Oskar weiß nicht, dass ich mir heute Nachmittag frei genommen habe. Ich habe mir nämlich eine Überraschung ausgedacht", sagte der Vater und rannte in den Garten.

Nun traf auch Lara ein. „Tag, Moritz!", grüßte sie lässig und setzte sich an den Tisch. „Hast du dich schon an ein Leben im Rollstuhl gewöhnt?"

„Geht so", murmelte Moritz und biss schnell in seinen Schokomuffin, um die erneut aufsteigenden Tränen zu verbergen.

„Warte einmal ab, Moritz. Gleich kannst du etwas erleben", sagte die Mutter, die aus der Küche mit einem Getränketablett getreten war.

Der Vater kam zurück. Hinter ihm liefen die aufgeregten Kinder. Sie waren vom Ballspiel ganz verschwitzt.

„Mama, wir sind am Verdursten!", rief Oskar.

„Na, Bruderherz, wie läuft denn so deine Kinderparty?", fragte Lara schnippisch.

„Ach, lass mich doch in Ruhe!", schrie Oskar. „Du bist ja nur neidisch, weil Vati eine Überraschung für mich hat."

„Kinder, nun reicht es aber", mischte sich der Vater ein. Die Mutter verteilte unterdessen Waldmeisterbrause.

Nun stand der Vater auf und klopfte an sein Glas.

„Bitte Ruhe", sagte er, „mein Sohn Oskar feiert heute seinen zehnten Geburtstag."

Oskar hob stolz sein Brauseglas und trank es in einem Zug aus. Dann musste er laut rülpsen.

Die meisten Kinder mussten lachen, aber sein Vater guckte ihn entsetzt an.

„Na ja, mein Sohn, die Anstandsregeln müssen wir wohl noch einmal pauken", sagte er streng. „Aber heute will ich mal darüber hinwegsehen." Er räusperte sich und sagte dann mit einem Leuchten in den Augen: „Zur Feier des Tages habe ich mir etwas ganz Besonderes ausgedacht."

Alle guckten ganz gespannt zu ihm auf. „Ich habe einen kleinen Bus gemietet", sagte der Vater aufgekratzt. „Mit dem fahren wir jetzt alle zur Bowlingbahn. Und heute Abend grille ich euch ein paar leckere Würstchen."

Die Kinder jubelten. Nur Moritz blieb ruhig.

Beim Bowlen konnte Oskar dann einfach nicht gewinnen. Ben brachte oft beim ersten Schuss erfolgreich alle zehn Pins zu Fall. So gelang ihm ein Strike nach dem anderen. Das machte Oskar richtig wütend. Schließlich war er an seinem Geburtstag die Hauptperson. Nun wurde Ben gefeiert. Da schoss ihm der Gedanke an den Zauberring durch den Kopf. Hätte ich den Ring bloß mitgenommen, dachte er grimmig. Dann hätte Ben etwas erleben können. Alle seine Bowlingkugeln hätte er verhext.

Die gegrillten Würstchen schmeckten Oskar dann am Abend auch nicht gut. Er konnte es einfach nicht ertragen, dass ein anderer ihm an seinem zehnten Geburtstag die Show gestohlen hatte.

Der letzte Wunsch

„Oskar, es ist Zeit aufzustehen!", rief die Mutter und klopfte an seine Kinderzimmertür.

Oskar schlug die Augen auf und schaute blinzelnd auf seinen Wecker. Kurz vor sieben Uhr war es. Samstags schlief er ansonsten immer viel länger. Doofes Fußballspiel, dachte er schlecht gelaunt.

Er war seit Moritz' Unfall der neue Torwart der Fußballmannschaft in seiner Altersgruppe. Heute fand ein wichtiges Punktspiel statt.

Nach dem Frühstück packte Oskar mürrisch seine Fußballtasche. Da fiel ihm der Zauberring ein. Sollte er sich wünschen, dass das Spiel heute ausfiel? Er kramte den Ring hervor und drehte ihn hin und her. Die letzten Wochen hatte er versucht, nicht an den Ring und an den aufdringlichen Tarabassini zu denken. Der rote Stein leuchtete ihn schwach an.

Er entschloss sich, den Zauberring mitzunehmen. Auf keinen Fall wollte er sich blamieren. Viele Kinder aus seiner Klasse sahen heute dem Fußballspiel zu, auch Lea und Moritz.

Oskars Vater hatte extra keinen Dienst in der

Klinik angenommen und saß schon mit der Mutter im Auto. Lara stieg widerwillig ein.

„Ich habe überhaupt keinen Bock auf dieses blöde Fußballspiel", maulte sie.

„Heute kannst du deinen Bruder im Tor bewundern. Leider musste ich aus Zeitgründen mit dem Fußballspielen aufhören", entgegnete der Vater seufzend.

Oskar kam angehastet. „Na, du Fußballikone", empfing Lara ihn, „kommst du endlich."

„Nerv mich nicht immer", fuhr Oskar sie gereizt an.

Die Fahrt dauerte nicht lange. Oskar sah schon von Weitem wie Lea mühsam Moritz' Rollstuhl über den Rasen schob. Nachdem der Vater das Auto geparkt hatte, rannte Oskar zu Lea und Moritz.

„Hey! Kann ich euch helfen?", fragte er außer Atem.

„Nee, geht schon", brubbelte Moritz. „Spar du mal deine Kräfte und gehe lieber in die Umkleidekabine." Er guckte Oskar nicht an. Niemand sollte sehen, dass er in der Nacht geweint hatte.

„Also, bis dann", rief Oskar und rannte los.

Der Trainer gab ihm in der Umkleidekabine noch ein paar Anweisungen.

„Oskar, vertraue dir selbst und zeige dich selbstbewusst. Beobachte konzentriert den Spielverlauf, damit du im entscheidendem Moment aus dem Tor laufen kannst, um den Ball aus der Gefahrenzone zu schießen. Entferne dich nie zu weit vom Tor."

Oskar nickte nur und verfluchte insgeheim den Tag, an dem Moritz den schweren Unfall gehabt hatte. Moritz war immer ein toller Torwart gewesen, der keine klugen Ratschläge vom Trainer gebraucht hätte.

Die Mannschaften stellten sich für den Anstoß auf. Oskar bezog missmutig seine Stellung im Tor. Das Spiel wurde angepfiffen. Er hatte nicht viel zu tun. Seine Mitspieler verteidigten den Torraum vorbildlich. Nach der ersten Halbzeit stand es null zu null.

In der zweiten Halbzeit schaute Oskar zu Lea hinüber. Für einen Moment passte er nicht auf und der Ball lag im Netz. Ein Raunen ging durch die Menge. Für die gegnerische Mannschaft klatschten ihre Fans laut Beifall.

„Aufpassen, mein Sohn!", schrie der Vater. Oskar bekam heiße Ohren. Jetzt durfte er sich keinen Fehler mehr erlauben.

Zum Glück schoss Ben auch noch ein Tor.

Deshalb gab es eine Verlängerung. Aber es blieb beim Unentschieden. Was nun kam, war für Oskar die größte Strafe. Elfmeterschießen.

Er würde sich auf jeden Fall blamieren. Nur Moritz konnte gut Elfmeter halten. Der Zauberring war seine einzige Rettung.

„Ich muss noch einmal in die Kabine für kleine Jungs!", schrie er.

„Beeile dich! Wir holen Moritz. Er kann dir schnell noch ein paar Tipps geben", sagte der Trainer.

Die Spieler hatten es sich auf dem Rasen bequem gemacht und tranken Mineralwasser.

Oskar raste in die Kabine.

Sein Vater schrie ihm zu: „Du schaffst das, mein Junge! Du bist der Beste."

Mit dem Zauberring in der Hand rannte Oskar wieder auf das Spielfeld. Moritz war schon von seinen ehemaligen Mannschaftskameraden umgeben.

„Hey", sagte Moritz. „Gutes Spiel. Hätte gern selbst im Tor gestanden." Er senkte den Kopf. Die anderen schauten verlegen auf das frisch gemähte Gras des Fußballfeldes.

Oskar fühlte den Zauberring in seiner Hand brennen. Jetzt war es soweit. Der letzte Wunsch würde ihm zu großem Ruhm verhelfen. Lea würde ihn für seine Kunst, alle Elfmeterschüsse halten zu können, anbeten. Er brauchte die dummen Ratschläge von Moritz nicht.

„Tarabassini", murmelte er. „Ich wünsche mir, dass ich jeden Elfmeter ..."

Ihm wurde auf einmal eiskalt. Er hörte überhaupt nicht, was Moritz zu ihm sagte. Er hörte nur Tarabassinis Stimme: „Befreie mich. Höre auf dein Herz!"

Oskars ganzer Körper überzog sich mit einer Gänsehaut. Er schaute zu Moritz. Wie traurig sein Mitschüler in seinem Rollstuhl saß. Plötzlich fühlte Oskar einen Stich in seinem Herzen. Nun wusste er, was er tun musste.

„Tarabassini", murmelte er glücklich. „Ich wünsche mir, dass Moritz wieder laufen kann."

Moritz hielt mitten im Satz inne.

„Meine Beine", rief er überrascht. „Ich kann sie wieder fühlen."

Vorsichtig setzte er ein Bein nach dem anderen ins Gras. „Ich kann meine Beine wieder bewegen!", schrie er außer sich.

Die anderen Kinder saßen mit offenem Mund da. Einige sprangen auf und halfen Moritz aus dem Rollstuhl heraus. Moritz' Eltern schauten mit Tränen in den Augen zu, wie ihr gelähmter Sohn aus dem Rollstuhl aufstand.

„Ein Wunder ist geschehen!", rief der Trainer.

Mittlerweile hatte sich das Ereignis herumgesprochen.

Oskars Vater kam angerannt. Er hatte noch gar nicht bemerkt, dass seine Haare unter der Baseballkappe wieder hellbraun geworden waren.

„Das ist doch nicht möglich!", rief er. „Wie soll ich das in der Klinik erklären?" Er tastete die Beine von Moritz gründlich ab. Dann sagte er: „Als dein Arzt sage ich dir, du bist geheilt. Ich freue mich so für dich." Er nahm Moritz in den Arm und drückte ihn.

Der Schiedsrichter guckte nervös auf seine Uhr. „Tut mir Leid", sagte er. „Aber wir müssen jetzt weiterspielen."

Nur zögernd gingen die aufgeregten Menschen auseinander.

Das Elfmeterschießen verlief so peinlich wie es Oskar vermutet hatte. Nicht einen einzigen Schuss hielt er. Bei der Vergabe des Siegerpokals an die gegnerische Mannschaft traute er sich nicht den Kopf zu heben.

Oskar schlich wie ein begossener Pudel vom Platz. Da kamen Ben und Lea angerannt.

„Lass uns wieder beste Freunde sein", sagte Ben und reichte ihm strahlend die Hand. „Ich fand dich auf dem Fußballplatz großartig."

„Ja, wirklich, du warst große Klasse", stimmte Lea zu und guckte ihn bewundernd an.

Oskar hob den Kopf und seine Augen begannen zu leuchten. Er fühlte sich auf einmal unwahrscheinlich gut.

Als er zu Hause aus dem Auto stieg, konnte er schon das aufgeregte Gebell von Prinz hören.

„Na, da scheint ja einer wieder munter geworden zu sein", stellte der Vater fest und nahm seine Baseballkappe vom Kopf.

„Vati, deine Haare!", rief Lara.

„Was ist nun denn schon wieder mit meinen Haaren los?", fragte der Vater entsetzt.

„Sie sind wieder wie früher", antwortete die Mutter erleichtert. Sie strich dem Vater über seine kahle Stelle am Hinterkopf.

„Gott sei Dank", rief der Vater erfreut. „Lieber eine Glatze als eine grüne Haarmatte."

Oskar rannte beschwingt in sein Zimmer. Prinz stand mit erhobenem Schwanz in seinem Körbchen und bellte nach Herzenslust. Oskar strich ihm beruhigend über sein braunes Fell und sagte: „Ich glaube, ich war in letzter Zeit nicht so nett zu dir. Das soll sich jetzt wieder bessern. Hast du Lust auf einen Spaziergang?"

Als ob der Rüde jedes Wort verstanden hätte, sprang er flugs aus seinem Körbchen heraus und lief zur Kinderzimmertür. Oskar öffnete sie lachend und Prinz huschte hindurch.

Oskar zog es in den Wald. Er wollte unbedingt zu der alten Baumhöhle. Den Zauberring, dessen rotes Funkeln nun ganz erloschen war, steckte er in seine Hosentasche.

Er schaute in die Küche. Seine Mutter stand am Herd und kochte das Mittagessen.

„Ich mache noch eine kleine Waldrunde mit Prinz", sagte Oskar. „Er ist wieder der Alte."

„Wir haben es vernommen", entgegnete die Mutter spitz. „Aber in einer Stunde gibt es Mittagessen."

Oskar holte sein Mountainbike aus der Garage und setzte sich seinen Helm auf. Der Unfall von Moritz war ihm eine Lehre gewesen. Er hatte sich geschworen, nie wieder ohne Helm mit dem Fahrrad zu fahren. Dann sauste er los. Prinz lief im Galopp neben ihm her. Verschwitzt kam Oskar an der Baumruine an.

„Hallo!", rief er gespannt. „Ist da jemand?" Ihm war so gewesen, als ob er einen Schatten in der halbdunklen Baumhöhle gesehen hatte. Er stellte fest, dass er keine Angst mehr fühlte.

Plötzlich stand Tarabassini vor ihm und lachte ihn freundlich an. „Ich habe mich nicht in dir getäuscht. Du hast dein Herz am rechten Fleck. Nun bin ich von dem bösen Hexenzauber erlöst."

„Aber ich habe doch gar nichts Großartiges gemacht", sagte Oskar verlegen.

„Weißt du, mein Junge, eine böse Hexe verfluchte mich vor zehn Jahren. Sie tötete damals meine Frau und entführte unser Baby. Jetzt habe ich nur noch den Wunsch, meine Tochter zu finden, um sie aus den Fängen der Hexe zu befreien."

Oskar verstand nicht, was Tarabassini ihm sagen wollte. Kam dieser rätselhafte Mann aus einer anderen Welt? Etwa einer Welt mit Zauberwesen? Bevor er Tarabassini danach fragen konnte, hatte der sich in Luft aufgelöst. Übrig geblieben war nur eine weiß gemusterte Feder.

Oskar hob die Feder auf und strich bedächtig darüber. Behutsam steckte er sie zu dem Zauberring in seine Hosentasche. Dann rief er nach Prinz, der wie aufgezogen durch den Wald lief und an jedem Baum sein Bein hob.

In Gedanken versunken fuhr der Zehnjährige nach Hause. Er musste an die entführte Tochter von Tarabassini denken. Sie war jetzt so alt wie er und musste bei einer Hexe leben. Das klang für Oskar wie ein schauriges Kapitel aus einem Märchen. Er schüttelte sich und trat kräftig in die Pedalen.

Seine Familie wartete schon ungeduldig mit dem Essen auf ihn.

„Dein Essen wird kalt", rief die Mutter.

„Bin schon da", sagte Oskar und setzte sich. Prinz lag gehorsam vor der Küchentür und wartete auf ein Leckerli, das meistens vom Essen abfiel.

Mit vollem Mund sagte Oskar: „Vati, ich verspreche dir, ab jetzt mehr für die Schule zu lernen."

Der Vater sah ihn erfreut an und sagte: „Mein Sohn, das finde ich sehr gut. Aber selbst wenn du es nicht auf das Gymnasium schaffst, kannst du etwas aus deinem Leben machen. Hauptsache, du gibst dein Bestes. Und wenn du keine Lust mehr auf Fußball hast, brauchst du auch nicht mehr zum Training gehen."

Oskar strahlte. Er wandte sich an Lara: „Wollen wir uns ab jetzt besser vertragen?"

Lara stotterte überrumpelt: „Ja… ja, warum eigentlich nicht?"

Die Mutter schaute Oskar mit leuchtenden Augen an. Was habe ich für einen tollen Sohn, dachte sie stolz.